La Dent du Diable

© Éditions Nathan (Paris-France), 2009 pour la première édition
© Éditions Nathan (Paris-France), 2012 pour la présente édition
Loi n° 49-956 du 16 juillet 1949 sur les publications destinées à la jeunesse
ISBN 978-2-09-253663-6
N° éditeur : 10179831 - Dépôt légal : février 2012
Imprimé en France par Pollina 85400 Luçon - L58775

ARNAUD ALMÉRAS

La Dent du Diable

Illustrations de Dankerleroux

Nathan

Il y a fort longtemps,

à l'époque où les sorcières,

les fées et les dragons existaient

encore, les famines pouvaient

être terribles.

Pour nourrir leur famille,

qui était très pauvre,

Laure et Xavier cueillaient

souvent des mûres.

Ce jour-là, derrière une grande haie
de ronces, les deux petits paysans
entendirent un bruit de sabots.

À travers la haie, Laure aperçut deux
cavaliers sur le chemin. Le premier avait
les cheveux roux et le nez tout de travers.
À ses côtés chevauchait un grand gaillard
qui s'essuyait la nuque.

– Ah, Fulmin, ronchonnait-il, pourvu
que ce parchemin trouvé au fond d'un
des coffres qu'on a volés dise vrai !

– À nous le trésor de la Dent du Diable !

Les deux brigands s'engagèrent sur
le sentier qui descendait vers la rivière.

– Tu te rends compte… souffla Xavier
à sa sœur, il a parlé d'un trésor !

Dès que les deux hommes ne furent
plus en vue, Xavier s'avança sur le
chemin.

– On ne peut pas laisser passer une
chance pareille : on va les suivre !

Dans les roseaux, les brigands détachèrent
l'amarre d'une des barques de pêcheurs.
Puis ils grimpèrent dedans et s'éloignèrent.

Laure étouffa une exclamation :
– Mais ils vont vers les marais interdits !
C'est une folie d'aller là-bas !
Aucun de ceux qui s'y sont aventurés
ne sont revenus…

Xavier saisit les rames d'une petite
embarcation cachée dans les roseaux.
– Mais nous, on fera bien attention !
Après avoir hésité, Laure sauta dans
la barque. Les deux enfants se dirigèrent
vers les marais interdits, couverts
d'épaisses nappes de brume.

Ils accostèrent sur une île
et se cachèrent derrière un tronc
d'arbre. De là, ils apercevaient
les deux brigands. Ceux-ci
faisaient face à une vieille femme
qui se tenait sur le seuil
d'une cabane délabrée.

Fulmin s'adressait à elle :
– Alors, la vieille, tu es sourde ou quoi ?
Je t'ai demandé si tu savais où se trouve
la Dent du Diable ?

D'une faible voix, la vieille femme
courbée répondit :
– Accompagnez-moi. Seuls dans ce
brouillard, vous pourriez vous perdre !

Tous les trois s'enfoncèrent vers
l'intérieur de l'île. Silencieusement,
Laure et Xavier les suivirent.

Ils arrivèrent bientôt devant un rocher
en forme de dent pointue qui se dressait
vers le ciel. Barrique et Fulmin, bouillants
d'impatience, en firent le tour.

– Il n'y a pas de passage ou de grotte ?

La vieille femme plissa les yeux.

– Heu… je me souviens d'une légende
qui parle d'une formule…

Elle se tourna alors vers le rocher
et récita :

– Ô dent unique et colossale,
toi qui recèles le trésor,
laisse-moi pénétrer dans ta salle
et contempler ton or.

À ces mots, une ouverture apparut
dans la paroi de pierre. Stupéfaits
et ravis, les deux brigands allumèrent
une torche et entrèrent dans la caverne,
suivis par la vieille femme. Derrière eux,
la paroi se referma silencieusement.
Toujours cachés, Laure et Xavier n'en
croyaient pas leurs yeux.

Barrique avait fait trois pas dans
la grotte quand, soudain, il entendit
un bruit de chaîne raclant le sol.
Les brigands virent alors s'approcher
une sorte de gigantesque lézard à la
peau luisante qui se jeta sur eux…

… et les dévora !

La vieille femme se redressa
et éclata de rire :

– Ha ha ha ! C'est une jolie surprise
que je t'ai apportée là, mon Saurius.
Mais tu aurais pu manger moins vite !

Le monstre fit tinter sa chaîne. Puis il
s'éloigna dans l'obscurité de la caverne.
La sorcière prononça alors une
nouvelle formule :

– Ô dent unique et colossale, toi
qui recèles le trésor, laisse-moi sortir
de ta salle et me retrouver au-dehors !

   À ces mots, la paroi glissa sur elle-même.
Les enfants, qui s'étaient approchés de la
Dent du Diable, se cachèrent vivement
derrière l'étrange rocher.

– Il n'est pas né, celui qui me volera mon
trésor ! ricana la sorcière, en s'éloignant.

Xavier murmura alors à sa sœur :

– C'est le moment… allons-y !

– Et les brigands ? Où sont-ils passés ?
s'inquiéta Laure.

Mais son frère s'était déjà engouffré
dans le passage. Laure le suivit dans
la grotte avant que la paroi ait fini de
se refermer. Les deux enfants laissèrent
leurs yeux s'habituer à la pénombre.

– Regarde ! chuchota Laure
en tendant le bras dans la direction
de Saurius. Une espèce de dragon
endormi ! Sauvons-nous vite !
– Attends, répliqua Xavier. À côté
de lui, il y a un coffre !

Osant à peine respirer, Laure et Xavier contournèrent Saurius, pour arriver jusqu'au coffre.

– Blurp ! hoqueta soudain le monstre. Toujours endormi, il recracha une des bottes de Fulmin.

– Maintenant, on sait où sont les brigands, glissa Xavier.

Sa sœur et lui soulevèrent le couvercle du coffre…

… et découvrirent le trésor !

Les deux enfants ne résistèrent pas
à l'envie de plonger la main dans
les pierres précieuses, les diamants
et les pièces d'or.
Ils saisirent ensuite chacun une poignée
du coffre et le transportèrent vers la sortie
de la caverne.

Laure répéta alors, tout doucement,
la formule magique qu'ils avaient
entendue :
– Ô dent unique et colossale,
toi qui recèles le trésor,
laisse-moi sortir de ta salle
et me retrouver au-dehors !

Elle avait beau n'avoir pas parlé
très fort, cela suffit à réveiller Saurius.
Le monstre ouvrit un œil et fixa
la fillette. La paroi s'ouvrait, mais
Saurius avait déjà bondi. D'un coup
de patte, il fit rouler Laure sur le sol.

Il ouvrit la gueule, prêt à la dévorer,
lorsque Xavier lui jeta le coffre
dans les pattes. Le monstre trébucha
et… « clac ! » sa mâchoire se referma
à quelques centimètres de la fillette.

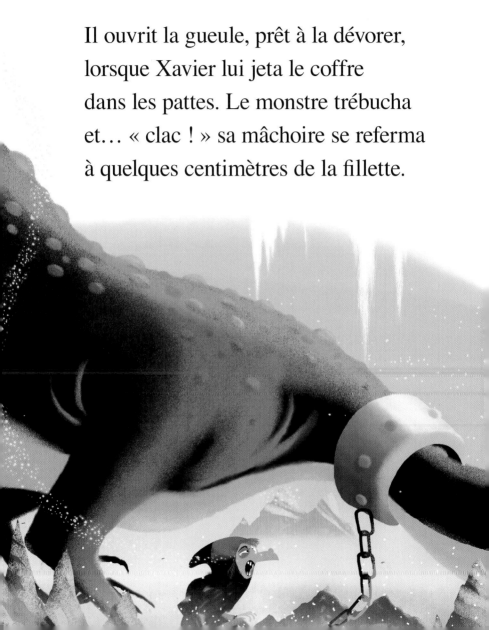

Xavier releva sa sœur et ils détalèrent,
abandonnant le coffre, tandis que
l'énorme animal, étranglé par sa chaîne
et fou de colère, était incapable de les
poursuivre.

La sorcière, alertée par ses cris,
se précipita.

– Saurius ! Que se passe-t-il ? Qui a osé
toucher au trésor ?

Elle détacha la chaîne du monstre.

– Rattrape les coupables !

L'animal s'élança, mais dans son
mouvement, sa chaîne s'enroula autour
de la jambe de la sorcière. Entraînée,
celle-ci hurlait :
– Arrête ! Arrête !
Lorsqu'elle parvint à se libérer,
la sorcière partit avec Saurius
à la poursuite de Xavier et Laure.

Mais les deux enfants avaient pris
de l'avance. Ils poussèrent leur barque
à l'eau et se mirent à ramer de toutes
leurs forces.

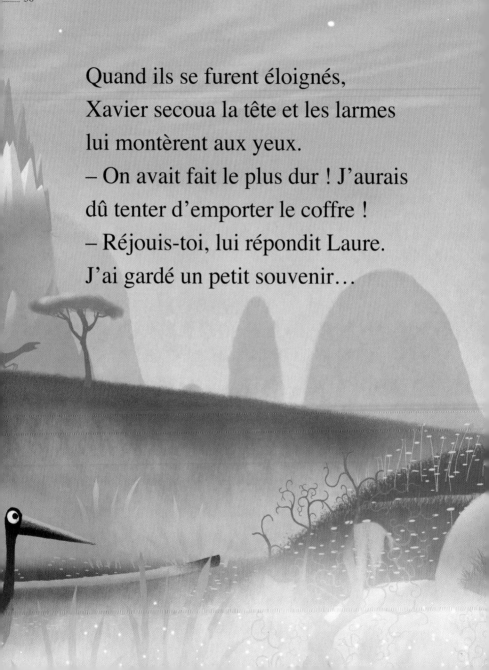

Quand ils se furent éloignés,
Xavier secoua la tête et les larmes
lui montèrent aux yeux.
– On avait fait le plus dur ! J'aurais
dû tenter d'emporter le coffre !
– Réjouis-toi, lui répondit Laure.
J'ai gardé un petit souvenir…

Elle ouvrit la main et laissa apparaître
six pierres précieuses. Xavier regarda
sa sœur avec admiration.
Grâce à ce trésor, leur famille ne vécut
plus jamais dans la misère.

Arnaud Alméras

Arnaud est né à Paris en 1967. Coincé entre une pile de livres et une autre de CD, il imagine pour ses lecteurs des histoires où se mêlent, le plus souvent, humour et aventures. Arnaud est l'auteur d'une soixantaine d'ouvrages pour la jeunesse.

Dankerleroux

Dankerleroux aime la couleur et les paysages, l'espace et le merveilleux. Et ce n'est pas pour rien qu'il prête parfois sa palette à des dessins animés. Il a entre autre illustré *Les musiciens de la ville de Brême*, *Expériences avec les miroirs*, *L'univers sur un plateau*, *Copains comme cochons*, *L'abécédaire à croquer*, *Le chat botté*, *Le vilain petit canard*. Etc.